AF451533

ET DESSINS

PAR

VENTE

DES JEUDI 24, VENDREDI 25 ET SAMEDI 26 MARS 1904

HOTEL DROUOT, SALLE No 1

à deux heures

Mc GABRIEL, commissaire-priseur
M. MOLINE, expert

CATALOGUE

DES

AQUARELLES

ET

DESSINS

PAR

Albert GUILLAUME

DONT LA VENTE AURA LIEU

HOTEL DROUOT. SALLE N° 1

Les Jeudi 24, Vendredi 25 et Samedi 26 Mars 1904

à deux heures

COMMISSAIRE-PRISEUR	EXPERT
Me GABRIEL	**M. MOLINE**
44, rue de Londres	20, rue Laffitte

EXPOSITION PUBLIQUE

Le Mercredi 23 Mars 1904, de 2 heures à 6 heures

CONDITIONS DE LA VENTE

Elle sera faite au comptant.

Les acquéreurs paieront *dix pour cent* en sus
des prix d'adjudication.

DÉSIGNATION

AQUARELLES

1 — Au Quartier-Latin.

2 — Méditation sur la boue.

3 — Mon Odéon où le met-on?

4 — La première des Français.

5 — Mécanique spéciale.

6 — Impromptu.

7 — Motifs. (Mon sursis.)

8 — Controverse.

9 — Expectative.

10 — Sécurité.

11 — Trop flatté.

12 — Concessions conjugales.

13 — Psychologie de l'Appel.

14 — Danseuse liant ses escarpins.

15 — Illégitime fierté.

16 — Grandeur et Servitude militaires.

17 — Drame passionnel.

18 — Fin causeur.

19 — Exposition de Cercle.

20 — Explication.

21 — Bonnes langues.

22 — Prescription.

23 — Illustration pour une œuvre de G. Courteline.

24 — Repos bien gagné. (Mes campagnes.)

25 — Illustration pour une œuvre de Courteline.

26 — Illustration pour une œuvre de G. Courteline.

27 — Le Général.

28 — Illustration pour une œuvre de G. Courteline.

29 — Illustration pour une œuvre de Courteline.

30 — Illustration pour une œuvre de Courteline.

31 — Mesdames X?

32 — Méditation sur le Printemps.

33 — Le Séjour d'un client sérieux.

34 — Au Bac.

35 — Leur Toilette!

36 — Maquette d'affiche.

37 — Les Protecteurs des faibles. (France-Russie.)

38 — Folies-Bergères.

39 — Les Potins.

40 — Ruiné! Vidé!

41 — Le Songe d'une nuit d'hiver.

42 — Belles Minettes.

43 — Femme.

44 — Les Quat'-Zarts à l'Opéra.

45 — Illustration pour une œuvre de Courteline.

46 — Illustration pour une œuvre de Courteline.

47 — Comment on plie une cravate. (Mes campagnes.)

48 — Illustration pour une œuvre de Courteline.

49 — Illustration pour une œuvre de Courteline.

50 — Motifs. (Mon sursis.)

51 — Motifs. (Mes vingt-huit jours.)

52 — Votre Profession : Licencié es-lettres. (Mes campagnes.)

53 — École des Clairons. (Mes vingt-huit jours.)

54 — Les Inconvénients de l'hiver.

55 — En Éclaireur.

56 — Le Mot et la chose.

57 — Paradoxe.

58 — Les Bienheureux.

59 — C'était un rêve.

60 — A l'Hôtel du Cheval-Blanc.

61 — Compassion.

62 — Une Perfection.

63 — Condescendance.

64 — Les Betteraves.

65 — Secondes Noces.

66 — Un Proviseur exigeant.

67 — A l'Infirmerie.

68 — Au Quartier.

69 — La Discorde à l'office.

70 — Une qui s'y connaît.

71 — C'est pas la mer à boire.

72 — Optique spéciale.

73 — Joyeux Cake walk.

74 — Style épistolaire.

75 — Les Gaietés de la théorie.

76 — Jugement sans appel.

77 — Traité d'Alliance.

78 — Sceptique.

79 — Un Engagement.

80 — A quelque chose malheur est bon.

81 — A propos de bottes.

82 — Neurasthénie.

83 — Spirite après boire.

84 — Suspension d'Audience.

85 — Table d'Hôte.

86 — Table d'Hôte.

87 — Théâtreuse.

88 — Madame veut rire. (Couverture de livre.)

89 — Au Café Concert.

90 — Trouville.

91 — L'Ange du foyer.

92 — In Vino Veritas.

93 — Au Sénatorium.

94 — Illusion d'optique.

95 — Improvisateur.

96 — Manuel du Parfait gaffeur.

97 — Circonstance atténuante.

98 — Bonnes langues.

99 — Compensation.

100 — La Vie de château.

101 — A la baignade.

102 — Mésalliance.

103 — Hommage au sexe fort.

104 — Carte forcée.

105 — Lettre d'amour.

106 — Nos Esclaves.

107 — L'Ange du foyer.

108 — Simple vœu.

109 — Entre Amants.

110 — Accord parfait.

111 — Un Homme d'intérieur.

112 — Motifs de punition.

113 — Monsieur Prud'homme vit encore.

114 — Étrennes futiles.

115 — Allocution.

116 — Superstition.

116 *bis* — Le Chien d'Alcibiade.

117 — Chacun prend son plaisir...

118 — Il n'y a que la foi qui sauve.

119 — En manœuvres.

120 — Gentillesse.

121 — Motifs (Mon sursis).

122 — Bonne année.

123 — La Politique.

124 — Expression vicieuse.

125 — Tactique.

126 — Le Général n'aime pas la musique.

127 — Exercices de ralliement.

128 — Les Réservoirs.

129 — Nostalgie.

130 — Oraison funèbre.

131 — Conférence.

132 — Revue du capitaine.

133 — Au bureau.

A nous l'Espace

SUITE D'AQUARELLES DU NUMÉRO SPÉCIAL
De " L'ASSIETTE AU BEURRE "

134 — Au Grand Prix.

135 — Au-dessus des intempéries.

136 — La Brigade des Agents aéronautes.

136 *bis* — Portraits d'amis.

137 — Le Bar à la mode.

138 — A nous l'espace.

139 — Solennité mondaine.

140 — Les Ballons transatlantiques.

141 — La Lutte contre le leste.

142 — Semper sub sole.

143 — La Peinture transformée.

144 — La Lutte contre le leste.

145 — Sauvetage émouvant,

145 *bis* — Au Pôle.

DESSINS

du journal " le Matin "

146 — Écho mondain.

147 — Cri du cœur.

148 — Débouchés.

149 — Tout finit par des chansons.

150 — La Galette des rois.

151 — N'en j'tez plus!

152 — Essai loyal.

153 — Les Cachotteries du War-Office.

154 — A l'Hôtel des Souverains.

155 — Une Visite au Musée.

156 — Rédemption.

157 — Plus de passage à tabac.

158 — A tire d'Aigle.

159 — Harmonie.

160 — Prédiction.

161 — Plus lourd que l'air.

162 — Plus de bouton.

163 — Poissons d'avril.

164 — Prix de Rome pour dames.

165 — Quelques Prédictions.

166 — Faut-il reconstruire le Campanile?

167 — Le Journal d'un journal.

168 — Fâcheuse alternative.

169 — A la villa.

170 — Conte de Printemps.

171 — Nouveaux concessionnaires.

172 — Les Chercheurs de trésors.

173 — La Nouvelle Bastille.

174 — Simple démonstration.

175 — La Chair de l'Allaitement.

176 — Le Chah de Perse, à Paris.

177 — L'Embarras du choix.

178 — Les Successeurs.

179 — Audacieuse tentative.

180 — Pour les candidats au prix de Rome.

181 — A bientôt.

182 — Pour le Couronnement.

183 — Pour leurs Centenaires.

184 — Au Premier coup de minuit.

185 — Occupation française.

186 — Don Juans modernes.

187 — Pour le bon motif.

188 — Le Régime de la Terreur.

189 — Les Cauchemars d'un conservateur.

190 — Le Violeur volé.

191 — Quelques pistes.

192 — Dernière vacation.

193 — Il Faudrait s'entendre.

194 — Mars a répondu.

195 — Le Record de la Durée.

196 — Les Victimes de la Grève.

197 — Cedant arma Redingotae.

198 — La Commission des fêtes.

199 — Aux Manœuvres.

200 — En Manœuvres.

201 — La Fête de clôture.

202 — Concours de Balzac.

203 — La Conférence sur le désarmement

204 — Bravo, Toro !

205 — A Chacun son fléau.

206 — Désagréable moutard.

207 — L'Esprit des Lois.

208 — Un Problème enfin résolu.

209 — La Guerre Franco-Monesgasque.

210 — Chez la Voyante.

211 — Une Nouvelle profession.

212 — Le Péril vert.

213 — A la Distribution des récompenses.

214 — Touchante cérémonie.

215 — Manœuvre de la dernière heure.

216 — Décidément, décrochez-moi ça !

217 — La Décramponnante.

218 — Par Fil télégraphique.

219 — Économie ruineuse.

220 — Caisses de retraites.

221 — Les Séquestrés.

222 — Dans un avenir prochain.

223 — Lodos pro Patria.

224 — Refugium Peccatorum.

225 — Tout remboursable.

226 — Du Libre choix d'une religion.

227 — Réforme radicale.

228 — Mélodies secrètes.

229 — Quelques Œufs de Pâques.

230 — La Reprise des travaux.

231 — De Charybde en Scylla.

232 — Exemple à suivre.

DESSINS DIVERS

233 — Compensation.

234 — Au Square Cluny.

235 — Programme du bal Gavarni.

236 — Ombres joyeuses.

237 — A l'Exposition canine.

238 — Le Réveil est prompt, mais la chair est faible.

239 — Le Bœuf gras à Cythère.

240 — Retour à la féodalité.

241 — Les Villégiatures : les voyageurs.

242 — La Bataille des fleurs.

243 — Les Excommuniées.

244 — Il faut qu'une fenêtre soit ouverte ou fermée.

245 — Critique dramatique.

246 — La Réciproque est vraie.

247 — Examen de conscience.

248 — Bonnes langues.
249 — Nouvelle bonne.
250 — Les Excommuniées.
251 — Les Excommuniées.
252 — Critique dramatique.
253 — Piété filiale.
254 — Les Derniers tickets.
255 — Flatterie.
256 — Résignation.
257 — Bonnes langues.
258 — Sic.
259 — Manuel du Parfait gaffeur.
260 — Désappointement.
261 — Pendant la pose.
262 — Bonnes langues.
263 — Rêverie contemplative.
264 — Bonnes langues.
265 — Bal blanc.
266 — Modiste.
267 — Résiliation,
268 — Bonnes langues.
269 — Manuel du Parfait gaffeur.
270 — L'Aéro-Sport.
271 — Bonnes langues.
272 — Bal d'atelier.
273 — Ingénue.

274 — Un Ami de la famille.

275 — Au restaurant de l'Aquarium.

276 — Comment on les roule.

277 — Entre libérés.

278 — Un Interview.

279 — Histoire rasante de la barbe et des moustaches.

280 — Incompatibilité d'humeur.

281 — Hussard et Pierreuse.

282 — **Instruments** de musique.

283 — Le Diable emporte l'Amour.

284 — Je ne recule jamais.

285 — Entraînement oratoire.

286 — Salon des Champs-Élysées.

287 — Les Élections municipales.

288 — Méfiance.

289 — Honny soit, qui mal y pense.

290 — Illustration de Courteline.

291 — Guérison radicale en 3 jours.

292 — Le Vieux Marcheur.

293 — Le Record de la Sobriété.

294 — Compte-rendu du Salon.

295 — Salon du Champ-de-Mars.

296 — L'Émancipation de la femme.

297 — A qui touche, je réponds.

298 — Quand même !

299 — Préparatifs-pour l'Exposition.

300 — Pourquoi les zouaves sont partis.

301 — Les Fourrures.

302 — L'Affaire s'arrangera.

303 — Le Retour du Printemps.

304 — Les Victimes du bal de l'Opéra.

305 — Montgolfière fin de siècle.

306 — Que feriez-vous si vous aviez gagné le gros lot?

307 — Après la distribution des prix!

308 — Aux Ambass.

309 — A la Revue du Quatorze-Juillet.

310 — Les Hasards de l'Amour et du Jeu.

311 — Les Gaietés du Jour de l'An.

312 — Les Gaietés du Jour de l'An.

313 — La Baigneuse à travers les âges.

314 — Les Parisiens d'été.

315 — Qui m'aime, me suive.

316 — Les Coins du cœur (pour un livre de Xanrof).

317 — Petit Bleu.

318 — Course de Culs-de-Jates.

319 — Enfin, seuls!

320 — Farandole balnéaire.

321 — Tout à la Russie.

322 — Cabinet particulier.

323 — Tous les sports.
324 — La nouvelle Bonne.
325 — Illustration du Figaro illustré.
326 — Illustration du Figaro Illustré.
327 — Illustration du Figaro illustré.
328 — A la Caserne.
329 — L'Envie aux doigts crochus.
330 — Bonnes langues.
331 — Lune rousse.
332 — Façon de voir.
333 — L'École du parfait Don Juan.
334 — Fils prodigue.
335 — Chez la Chiromancienne.
336 — Bonnes langues.
337 — Coquetterie.
338 — Lune rousse.
339 — Opinion.
340 — La Défense du chauffeur.
341 — Signalement.
342 — Un Bon Conseil.
343 — La pédicure spirite.
344 — Hypothèse.
345 — La Voix du sang.
346 — Les Gaietés de la loge.
347 — Gaffe à éviter.
348 — Un Profane.

349 — Soirée musicale.

350 — Ingratitude.

351 — Futur beau-père.

352 — En correctionnelle.

353 — Cœur d'or.

354 — Dignité.

355 — Les Amies du Marié.

356 — La Nouvelle Place.

357 — Un An après.

358 — Entre Elles.

359 — Logique.

360 — Gros Chagrin.

361 — Jugement sans appel.

362 — Entre Amants.

363 — Un Pseudonyme.

364 — Reproche.

365 — École du parfait Don Juan.

366 — Théâtreuse.

367 — Maquette d'affiche genre étrusque.

368 — Cartons de dessins ayant servi à l'illustration d'œuvres de G. Courteline, Willy, Xanrof, etc. Originaux du *Journal Amusant*, du *Français*, du *Gil Blas*, du *Monde Illustré*, etc., etc.